百一歳。終着駅のその先へ

佐藤愛子

中央公論新社

目次

百一歳。終着駅のその先へ

言葉と対峙する書斎拝見

ここに座ると、書かずにはいられないのです

撮影・大河内 禎

数々の作品が生み出されたこの書斎。
足を踏み入れると、黙々と原稿用紙に向き合う
佐藤愛子さんの姿があった。
静謐《せいひつ》な空間には、ただ万年筆の走る音だけが響いている——

（上）目の前の原稿は、いま手を入れている最中のもの。右に積まれているのは書き損じの原稿用紙
（下）愛用の原稿用紙に、ブルーブラックのインクで文章が綴られてゆく

庭に面した大きな窓にそって置かれた執筆机。広々とした机の上に、午後の暖かな陽が差し込む。そこには、現在執筆中というノンフィクション作品の原稿用紙が揃えて置かれていた。

机に向かうと、書かずにはいられなくなるという佐藤さん。撮影中も、淡々と迷うことなく原稿用紙に文章を綴っていく。いったん書き始めると、周りの音も聞こえなくなるほど集中し、時間を忘れて執筆に没頭してしまう。

書斎は寝室も兼ねており、壁際には佐藤さんのベッドが。それは「夜中に目が覚めて、直す箇所を思いついたら、パッと起きてすぐに机に向かい、書き直せるように」という理由から。それほど、執筆と日常生活は切っても切り離せないものになっているのだ。

机の上には、執筆中のものとは別に、書き損じの原稿用紙が束になっている。「この前書いたもののほうがよかった」と、この束から数日前に書いた原稿を探すこともしばしば。自分が納得するまで徹底的に書き直す。そうして初めて、一つの作品が完成する。

「満足のいくものが書けてペンを置ければ、一日が充実する。書き続けている限り、毎日充実感はあります。書くことは楽しいですよ」

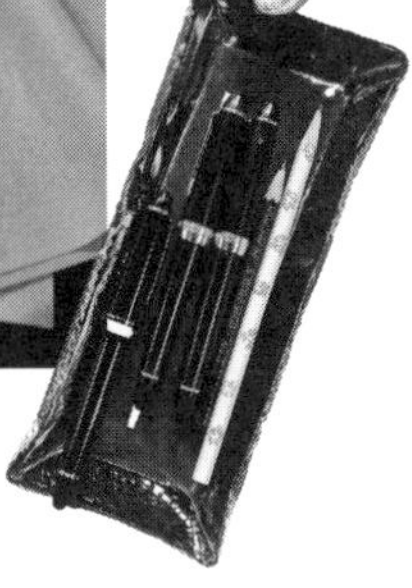

（上）執筆机には書きかけの原稿や筆記具が並ぶ。「毎日書く」という佐藤さんの息づかいが感じられる場所だ。
（左）書き損じの原稿用紙が束となる。机の上に一週間分以上は積まれていた
（右）愛用の万年筆は日本のメーカー、セーラー万年筆のもの。何十年も同じモデルを愛用しているという

(上) 机に座ると、目の前には梅や
紫陽花が植えられた庭が広がる
(下) 父・佐藤紅緑さんが、愛子さ
んが生まれた年に海外で買ってきた
ペーパーウェイト。父の死後は愛子
さんが使い続けている

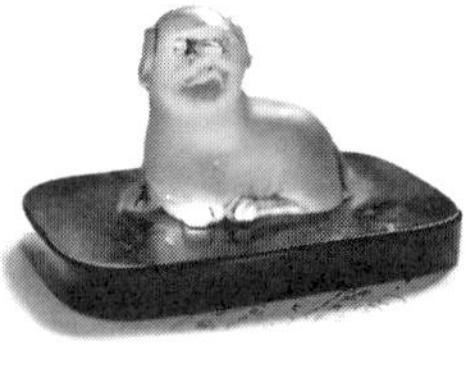

語る　人生の贈りもの

聞き手……中村真理子

本が売れて、何がめでたい

私の本の旬なんて、もう過ぎたと思いますよ。

《本人の弁とは相反して、エッセーの売れ行きはとまらない。『九十歳。何がめでたい』は今年（二〇一七年）上半期のベストセラー一位になった。昨夏の刊行以降、九十万部を超えている》

私は、評価されない作家なんですよ。また佐藤がくだらんことを書いている、と。

長編小説『晩鐘』（二〇一四年刊）を書き上げて、私の胸の中にあったものはすべて、総ざらい出し切ったと思いました。もう書くことはこれでない。毎日ぼんやりと過ごしていたら、うつのような気分になってきましてね。

そこへひょっこり、週刊誌「女性セブン」の方がやってきて、連載エッセーのお話をいただきました。書き始めてみましたら、気づいたのです。書いているときの私は機嫌が良いのだ、と。

エッセーは自分が面白いと思ったことを紹介します。鼻歌をうたうように書いています。小説は違います。

今は売れるかどうかばっかりですね。私が書き始めた七十年ほど前に「小説が売れる」という言葉はありませんでした。よく読まれているとか、評判がいいとか。「あいつ、このごろ売れ始めたらしいね」と友人の作家、川上宗薫《そうくん》が言うのを聞いたとき、びっくりしました。

私は売れるために小説を書くということを考えたこともありません。表現したいことを小説やエッセーに書きたい、ただそれだけなのです。私の言いたいこと、考えたことをくみとってくれる読者に会えたらそれはうれしいですが、会えなくたって構わないのです。

本が売れて、何がめでたい。

嵐を呼ぶ佐藤家の「荒ぶる血」

私には佐藤家の「荒ぶる血」が流れています。父は不良、兄も不良。男は浮気をして当たり前だと思っていました。父や兄は、離婚や死別で妻が二人、三人と増え、佐藤家の家系図は横にばかりのびていくの。もうどうしようもない一家ですよ。だからね、ちょっとやそっとでは驚かない人間に私は育ったのです。

《父は少年小説『あゝ玉杯に花うけて』で知られる小説家の佐藤紅《こう》緑《ろく》。兄は詩人のサトウハチロー。華やかに見える佐藤家だが、そのなかは嵐が吹き荒れていた》

子ども時代の父の話はひどいものばかり。お尻にたくわんを挟んで空に向け、トンビを捕まえようとしたとか。学校が火事になったとき、裸足で走っていくので「あいつも学校が燃えると必死になるのか」と近所の人が見ていたら、もっと燃えるように羽織であおいでいたとか。（青森の）弘前では知らない者がいない悪たれだったんです。

父は女優だった私の母に一方的に恋をして、それまでの家庭を捨て、無理やり母と再婚しました。私は父が五十歳のときに生まれた末っ子です。

父は流行作家として一世を風靡《ふうび》し、新聞小説を書いていました。その後、少年少女小説を書くようになります。

父の少年小説は決まって勧善懲悪でした。貧乏だけど志のある少年がいて、悪たれが登場して少年をいじめる。まじめな二枚目が現れて、少年を助ける。「いつも同じだ、つまんない」と私は言っていました。作りものめいて、私は批判的でした。

こうすれば読者が泣く、こうすれば笑う、というテクニックを私はやりたくない。でも父の小説に感動し、勇気づけられた読者がいました。国のために、と勇気づけられて戦争に行ったのは、父の愛読者だった少年たちです。

読者からは山のようにはがきが届いていました。志を持ち、この世の苦難や不幸に負けずに生きよ、と読者に説いた父の情熱は本物だったと今は思います。

情念の父、なびかなかった母

情念に流される父とは反対に、母は超がつくほど真面目な人間でした。若い頃の母は、男に隷属《れいぞく》せずにひとりで生きていく道を見つけたい、という一心だったそうです。

神戸に女優養成所ができて、母は試験を受けて飛び込みました。ひとりで生きていきたいといっても、当時の女に職業の選択はありません。母が選べる道は女優ぐらいだったのです。

《後の母シナは一九一五（大正四）年に上京。女優・三笠万里子《みかさまりこ》として舞台に立った。東京では平塚らいてうらの「青鞜社《せいとうしゃ》」が婦人解放運動を進めていた。若きシナも「新しい女」だった》

自分はいい女優だったと言っていましたがどうでしょうね。母が死んだ後、読者が女優時代のレコードを送ってくれました。私の方がうまいわと思うようなものでした。

母は、戯曲も書いていた人気作家の父のもとを訪ねて、見初められます。父は手当たり次第に女を口説くという男でしたが、母にはその気が無かった。むしろ母はそういう男を馬鹿にしていたのです。自分になびかない初めての女だったので、父は余計にのめり込んだのでしょう。

強引に結婚して自分のものにしたけれど、母の気持ちは父に向かわない。女優の道を閉ざされた母の不平不満は長く消えませんでした。一方は征服しようとする。もう一方は征服されまいとする。そんな戦いだったのです。

母から愚痴をさんざん聞かされていたものですから、私は母に同情的でした。父が亡くなって、母は父の一途な情熱を懐かしく思えるようになったようです。

母は、男も女も批判していました。よく「女が男より劣るのは客観性に欠ける点だ」と言っていました。いわゆる女の論客。外では無口、うちの中だけの論客ですね。私は母のあふれる愛情に包まれていたとはそれほど思わないけれど、母のものごとのとらえ方にはは大きな影響を受けました。作家になったのも、母の言葉のおかげです。

詩人・兄ハチロー、感性と迎合と

《詩人サトウハチローは一九七三年、おかあさんの詩をたくさん残してこの世を去った。七十歳。佐藤さんにとって二十歳年上の異母兄だった》

私たちはしょっちゅう行き来するような仲の良い兄妹ではありませんでした。私もわがままですが、兄は輪をかけてわがままでした。

センチメンタルと優しさとエゴイズムが同居している人でした。

父の紅緑は若い女に夢中になって（私の母なのですが）、家庭を壊しました。新聞の三面記事になるようなスキャンダルです。父には前妻との間にハチローを頭に四人の息子がいて、みんな不良でした。洋服を仕立てて支払いをしない。無銭飲食をする。手紙が届けば金の無心です。月末は方々から請求書の山が届きました。父は怒り狂い、母はその責任は自分にあると思って苦しみ、いつも憂鬱《ゆううつ》そうでした。それが私の子ども時代の日常風景でした。

『血脈』はハチローの視点で小説を始めています。この小説を書くことで佐藤家の「荒ぶる血」を見極めて鎮魂の書にしたかったのです。

私は兄の詩を読み返しました。そして兄の中にある繊細さ、優しさ、涙もろさが自然と流れ出している詩に感動する一方で、例えば一連の「おかあさん」の詩の中には作りものやわざとらしい大衆うけがあることに失望しました。

ハチローの母は、右を向いていろと言われればずっと右を向いているような人だったらしいです。その面白くなさが、激しい情念の持ち主である父や兄をいらだたせたのかもしれません。兄はお母さんに反抗の限りを尽くしたらしいのですが、その悔いが虚実ない交ぜの「おかあさん」という詩になったのだろうと今の私は思います。

ハチローが東京・築地の聖路加国際病院に入院して、亡くなる二、三カ月前でしょうか、一度だけお見舞いに行きました。兄さんの「象のシワ」という詩が一番好き、と言いましたら、あの大きな顔に涙が一筋、ほおを流れました。それが兄との最後です。

のらくらと絶望していた戦時中

私の人生には死んでいるのか生きているのかわからないような歳月が何年かありました。まるで夢のようで、実感がありません。

《太平洋戦争が始まる一九四一年、佐藤さんは神戸の甲南高等女学校を卒業する》

この頃の私は大概、のらくらでしたね。本当に何をやっていたのかしら。

真珠湾攻撃の成果が新聞やラジオで報道され、これでアメリカをやっつけた、と日本中が興奮して喜びました。その時、私は思ったんです。「これはだまし討ちだ。正々堂々の戦いにあらず！」ってね。友だちにそう言ったら、「憲兵に聞かれたらエライことになるよ」と怖がられましたけど。

　私があの頃、のらくらしていたのは、絶望的で何をする気もなかったからだったと思います。したいことが何もないんです。女学校を卒業しただけでそれ以上勉強をする気はなかったし（勉強嫌い）、かといって、友だちがみなしているような花嫁修業はしたくない、というより出来ないし。では本を読むのが好きかというと、それも辛気くさいし。

　仕方なく配給に並んだり、防空演習に参加したりはしていました。防空演習は、むしろやござをぼうぼう燃やして、焼夷弾《しょういだん》に見立てるわけです。「焼夷弾、落下」と誰かが叫ぶと、水に浸したむしろをばさっとかけて火をたたき消す。高いところを消火する練習もしました。水を入れたバケツを手に走って行って、やぐらの上に置かれた空のバケツに向かって水をかける。こういうことは性に合っていたのか、一生懸命やって褒められたりしましたよ。私ね、やるとなると一生懸命やる人間なんです。

今思うと、本当に滑稽でしたよ。よく笑わずにやっていたと思うわ。あれで戦争に勝てるとは誰も思っていませんよ。でも国を守るためにやれといわれるからやるんです。当時の日本人はみなそうでしたね。素直というか主体性がないというか純情というかアホというか。

行き当たりばったりの結婚

すぐに終わると思っていた戦争は終わらず、戦況は悪化して、男子はどんどんいなくなり、未婚の女は挺身隊《ていしんたい》といって勤労奉仕に明け暮れなければならなくなりました。

そこは一度入ると結婚するか親が死ぬかしない限りもう出られないと聞いて、そこに行くのが嫌で結婚しました。行き当たりばったりですね。もうひどい世の中ですよ。

《二十一歳で終戦を迎える。最初の結婚はあっけなく破綻《はたん》した》

嫁ぎ先は岐阜のお医者の家で、夫は経理将校として長野県の飛行場の設営隊にいました。玉音放送は義父母や看護婦さんたちと聞きました。雑音が入って聞き取れないので、「なんておっしゃったんですか」と舅《しゅうと》に聞くと、「みんなつらくても頑張れとおっしゃっているのじゃろう」と。それぐらい玉音放送はわからなかったのです。夜になると、向かいの家に電気がつきました。それで、もう電気をつけてもいいこと、日本が戦争に負けたことがわかりました。

私はどうしようもないのらくらな嫁でしたから、舅姑《きゅうこ》から苦々しく思われて当然だったと思います。お手伝いさんや看護婦さんが大勢いる家でしたから、私は相変わらずののらくらで、暇なものだから父や母に手紙ばかり書いていました。愚痴というより、田舎の暮らしの悪口ですね。それを読んで父は、心配するよりもとても面白がって、「愛子には文才がある。嫁になんか行かせずにもの書きにした方がよかった」と母に漏らしていたそうです。

何しろ兄はみな不良、父も元不良少年という一家です。口の悪さは天下一品の家風でした。人間の機微《きび》を見つけて面白がる癖はそんな家風で養われたような気がします。

復員してきた夫はモルヒネ中毒になっていました。何度も入退院を繰り返し、それでも治らない夫に絶望して、私は母のいる東京に出ました。その前年、私のことを心配しながら父は七十四歳の人生を終えていました。

「小説家なら、おまえでも」と母

小説を書き始めたのは、生前の父が私の手紙を読んで「愛子はもの書きにした方が良かった」と言ったのを母が思い出したからでした。

「おまえは協調性がないから勤めにいけばクビになるだろう。花嫁修業で身につけたものは何もない。もう一回結婚したってどうせすぐ戻ってくる」と母は言い、「お父さんも行く先々でけんかしていた。新聞記者、政治家の陣笠、劇団、何をやってもダメで小説でやっと落ち着いた。ものを書くのはひとりでやる仕事だからおまえでも何とかいけるんじゃないか」と。ごもっとも、と思いました。

《東京・世田谷で母と暮らしながら一九五〇年、同人雑誌「文芸首都」に加わった》

「文芸首都」は「文芸酒徒」と言われるほどの酒飲みの集まりで、同人会の後は必ず酒席です。印刷や紙代の支払いは年中滞り、半年も十カ月もとまれば催促は厳しくなる。それで主宰の保高徳蔵《やすたかとくぞう》先生は考えました。「文芸首都は新人を養成するために集まっている。既成作家は新人養成のために貢献する義務がある」。要するに流行作家から寄付をもらおうと。もらいにいく役をどうするか。私がぶらぶらしていたものだから「佐藤さん、行ってくれ」と電車賃を渡されました。

江戸川乱歩さん、田村泰次郎《たいじろう》さん、丹羽文雄さん。大抵五千円でした。野村胡堂《こどう》さんは一万円くださいました。

ある朝、ご飯を食べながらその日に回る作家の住居を調べていると、母が「乞食《こじき》みたいなことはやめなさい」と言いました。「乞食」という言葉が私のカンに障ってね。ちゃぶ台をひっくり返して家出をしました。やむを得ずどこかに勤めなければいけない。文学仲間の紹介で、聖路加国際病院の庶務課で働き始めました。同じ時間に電車に乗ってタイムレコーダーを押し、夕方五時にレコーダーを押して電車で帰る。その生活がつらくてたまらないのです。人はあきれるでしょうけれど、私は一週間で耐えられなくなりました。

井伏鱒二が手本、文体作りの十年

《同人雑誌が作家を育んだ時代。「文芸首都」をへて一九五七年、川上宗薫や北杜夫、夫である田畑麦彦らと同人雑誌「半世界」を作る》

私は高等女学校の学歴しかありませんから、同人雑誌で批評し合うことが文学の勉強でした。小説を書いては出版社に持ち込んで、ボロクソに言われて返される日々。仕方なく同人誌に発表すると、良くも悪くもそれなりに反応があります。

ドングリの背比べ。批評は大抵悪口です。でもそれが励みになりました。仲間の川上宗薫が師事していた北原武夫さんに、やがて私も師事することになり、そこから本格的に「文学」というものを学びました。

あれほど文学そのものという人はほかに知りません。作品を読んでもらうと、北原さんからすぐに手紙が届きました。便箋《びんせん》で十二枚も、十三枚もつづられた、実に懇切な文学論でした。

北原さんからよく言われたことは「あなたには文体がない」とい

うことでした。そして、こう教わりました。

　好きな作家をまねして書きなさい。そのうちに飽きるから、次に好きになった作家をまねしなさい。そうしているうちに自分のなかでいろんな文体がミックスされて、佐藤愛子独自の文体が出来上がっていく、と。

　はじめの頃、私の文学の神様は井伏鱒二さんでした。随分まねして書きました。井伏さんと私とは資質が違うのですから、それは変なものですよね。それでもまねしていました。その次は庄野潤三さんだったでしょうか。

　それから、翻訳になりますが、アーネスト・ヘミングウェー。センテンスが短く、くだくだしい説明なしに情景だけで描く。それに感心して、ヘミングウェーのまねをしていましたが、同人仲間からは、わけのわからないものを書いている、とボロクソに言われました。

そんなことを十年ほどやっていました。この歳月が私には必要だったのです。

戦う方が楽、夫の借金肩代わり

《一九六九年、『戦いすんで日が暮れて』で直木賞を受賞する。夫の借金を肩代わりした経験をユーモアたっぷりに描いた私小説だ》

私の人生は行き当たりばったりですが、借金を背負ったときの私も無謀でした。

夫が事業に失敗して、会社が倒産しました。負債は二億円を超えていて、そのうちの数千万円を私が肩代わりしました。夫が社長だからといってその負債を妻が負う必要は法律上ないのですが、それを知らないもので、幾つかの債務を肩代わりするハンコを押しました。なぜ弁護士に相談しなかったのかと後になってよく言われましたが、弁護士に払う費用がなかったから。

電話がじゃんじゃんかかってきます。借金取りはうちにまでやって来て、ソファに座ったらもう動かない。帰ってもらうにはハンコを押す以外にない。だいたい金を借りて返さない方が悪いに決まっています。正々堂々と生きるにはそうするしかないんです。

逃げることほどつらいものは私にはありません。逃げるくらいだったら戦って死んだ方がいいですよ。その方が楽だから。

夫は、借金取りの攻勢から私を守るためだと言って「偽装離婚」を提案してきました。いったん籍をぬいて倒産の始末がついたら、元に戻そうと。そのうち、気がついたら、籍をぬいていたところに別の女の名前が妻として入っているじゃないですか。しかし怒る暇がないくらい借金を返すために働いていましたからね。その程度の男だったんだなぁと思ったのでした。これが二度目の離婚です。

そのときの経験を書いたのが『戦いすんで日が暮れて』です。大変な出来事でしたから、これを小説の題材にすれば文豪バルザックのような大作ができるに違いない。そう思って意気込んでいたのですが、出版社からは原稿用紙五十枚という依頼でした。

しかし、お金がほしかった。五十枚で書きました。目先の原稿料ほしさに、貴重な経験を軽く書いてしまったのです。

銭が入るなら……直木賞もらう

あの小説で直木賞を受けるなんて。そもそも私は賞なんて望むような立場ではないと思っていました。人に読まれて評価されることだけを望んでいたのですから、賞をもらうなんて別世界のことだと思っていたんです。

《一九六九年に『戦いすんで日が暮れて』で直木賞を受けた》

それまでに芥川賞は二回、直木賞は一回、候補になっていましたが、私なんて選ばれるわけがないと思っていましたから、選考会の日は、入院していた作家の友人、川上宗薫のお見舞いに出かけていました。病院に着くと、直木賞の事務局をしている文藝春秋の人が来ていました。私の家に電話をして、川上さんのお見舞いにでかけた、と母が伝えたのです。

その方から改めて「直木賞をお受けいただけますか」と聞かれました。選ばれるとみなさん聞かれるのでしょうかね。そのときの私は、ただでさえ借金取りが周辺に出没しているうえに、賞をもらうとものすごく忙しくなるとかいま聞きしていましたから、借金まみれの繁雑な日々がさらに繁雑になるのかと思い、受けることをためらいました。

困った私は、「川上さん、どうしよう」って聞いたの。川上さんは「うーん」と沈痛な顔をして「しかし、銭は入るぞ」と言いました。そのときに彼は金と言わず、銭と言ったのを、今もなぜかはっきりと覚えています。私は、なるほどそうだと思って、「お受けします」と言いました。

そうしてものすごい日々がやってきました。原稿、インタビュー、対談、講演会、座談会、テレビ出演。仕事の依頼が次々と来ます。高度経済成長期で、企業による講演依頼はひっきりなしでした。無理なスケジュールでも断らず全部引き受けたのは、それで借金を返せるからでした。

月のうちの半分ほどは講演に出かけていました。原稿を書くのは飛行機の中やテレビ局の控室。もともとのらくら者だったのに、突如、働き者になったのです。

家に強盗　庭に飛び出し、塀のぼり

《朝日新聞社に「強盗被害にあった佐藤愛子」という写真が残っていました。いったい何が……》

あら、懐かしいですね。強盗が入ったんですよ。

真っ昼間にいきなり男が靴のままうちに上がってきました。「佐藤愛子いるか」というから「私が佐藤だけど何ですか」と答えたら、

夕刊の記事には「強盗、五千円奪う」と３段見出しがついていた（1975年６月、朝日新聞社提供）

向こうも素人だったみたいで「佐藤愛子いるか」と繰り返すばかり。「だから私が佐藤愛子だと言ってるでしょうが。何なのよ」と言い返したらお手伝いさんに短刀を突きつけた。

これはまずいと思って、離れに住む甥夫婦を呼びに、庭に飛び出しました。そのとき強盗に背中を見せたのだから、私を羽交い締めにすればいいのに、と私が思うのもおかしいけれど。

離れの窓をたたくと夫婦ともに縛り上げられているじゃないですか。「ヘンなのが来たから一一〇番して！」と叫んだら、甥の妻がウサギ跳びで窓に近づいてきて、猿ぐつわがずれ、「電話線が切られてる」と叫びました。隣家との境の塀を駆けのぼって、お隣の庭に飛び降りました。

お隣の広い庭を名を呼びながら走って行くと、奥さまが出てこられて「あら佐藤さん、どちらからいらっしゃいました？」ってね。かくかくしかじかと説明して「一一〇番して下さい」と言うと、奥さまの足の力が抜けて歩けなくなった。私は裸足のまま電話まで走って通報したのです。お隣さんにゲタを借りて戻ると、パトカーが来ていました。賊は逃げた後でした。

この事件の少し前に、美人作家を狙う強盗が新聞紙面をにぎわしていましてね。遠藤周作さんから電話があって「君のところに強盗は入ったかい？」と言うの。「いや、うちには来ない」と答えたら、

「君はついに強盗にも見捨てられたか」と大笑いしたんです。遠藤さんとのやりとりを聞いていたのでしょう、ニュースを見たという北杜夫さんから電話がありました。「おめでとうございます！」

そのときの写真ですね。

娘振り切り、寝ても覚めても執筆

《小説にエッセーの執筆、テレビにも出演する大忙しの日々。佐藤さんは娘を持つシングルマザーだった》

忙しくて家事ができず、家政婦さんに来てもらっていました。書斎は二階にありました。昼ごはんのために一階に降りる時間さえもったいない。サンドイッチやおそばを書斎まで運んでもらって、食べながら書いていました。

子どもを学校に送り出して、朝十時ごろから仕事を始めます。二時が来客の時間。そのときに一息つき、その後また夕食まで書く。娘と晩ご飯を食べて、お風呂に入る。これが唯一リラックスできる時間でしたね。

お風呂から出たあと、娘とベッドにごろんと寝転ぶと、もう起き上がるのが嫌でね。娘にとっても母親と一緒にいられるのがそのときだけでしたから、「もうお仕事するの？　もうお仕事するの？」と聞くんです。「もうちょっと、こうしていようよ」って。でも夜十時になれば、娘を振り切って書斎に入ります。

それからは「夜の部」と呼んで、朝の三、四時ごろまで書きます。そんな生活が何年続いたでしょう。本当によく続いたと思います。

あの頃、インタビュー企画で、野球の長嶋茂雄さんや金田正一《まさいち》さんとお話しすると、あの人たちは決まって、「こういう丈夫な体に生んでくれた両親に感謝する」と言うんです。私もね、本当にその通りだと思ったの。「丈夫に生んでくれてありがとう」って。作家がアスリートみたいなことを言うなんて考えられないでしょう。

今、書斎と寝室は同じ部屋にしています。ペンを置いて寝床に入ってからも、あの文章はよくないとか、書き直さなければ、なんて気になることがよくあるんですよ。そんなとき、別々の部屋だと冬なんか書斎に行くのが寒くて、ついそのまま寝てしまう。翌日は忘れてしまいますから。書き直さなきゃと思いつけば、すぐに書き出せるようにしています。文章に対してはしつこいんです。

屋根があれば生きていける

《夏は北海道浦河町《うらかわちょう》で過ごす。遠くに海をのぞむ、山の中腹に建てた別荘も一筋縄ではいかず……》

五十一歳のときです。突然、どこか遠い所へ行って静かに過ごす時を持ちたいと思い、浦河町に別荘を建てました。

それまで数千万円の借金に追われて、ただ忙しく働くばかり。私の収入は預金通帳を通り過ぎていくだけでした。ある日ふと見ると、一千万円たまっていました。ホントびっくりしましたよ。すると、お金がたまっていることが、どうも気になってスッキリしない。それで別荘を、と考えたわけです。それなら北海道がいいと勧める人がいて、よく考えずに決めました。

地元の大工さんに「これぐらいで建つか」と聞くと、大丈夫だと言うからお願いしました。ところが建築に取りかかってしばらくすると、大工さんがやってきて、「お金が足りない」と言う。「それなら建てるのはやめる」と言いましたら、「もう柱は建ててしまった。壊すとまたお金がかかる」と。

仕方なく二階はなしにしました。続きはお金が出来てからやればいいと考えたのです。二階は天井板なし、内壁なしという家になりました。

大工さんが「階段はどうする」と聞くのです。二階はがらんどうなんだから「階段はいらない」と言いましたら、「あいつは階段のない家を建てた」と町で評判になるのは大工の恥だと言って、自腹でつけてくれました。

屋根と外壁があれば生きていける。そう思えば、どうってことはないんです。

のんびりするつもりだったのに浦河でもずっと仕事をしていまし

た。長編はだいたい浦河で書いてきました。人は来ないし、電話も鳴らない。

魚を持ってきてくれる漁師さんが書斎の窓からのぞいて、「また書いてんのか。いつ来ても書いてる。作家ってひでぇ商売だなぁ。漁師の方がよっぽどましだ」と言って、帰って行きました。そんなつきあいが私はとても気に入っています。

小説に書くうち、兄たちへ愛情

《一九八九年から二〇〇〇年にかけて連載した『血脈』は、佐藤家をたどる大河小説だ。兄の視点ではじめ、家族を見つめた長編は、原稿用紙三四〇〇枚になった》

佐藤家は普通の家族ではありませんでした。兄のサトウハチローは身内から見れば度を越したわがまま者でセンチメンタル。厄介な人でした。あとの三人の兄も大うそつきや女たらし、怠け者。年中事件を起こしていました。

どうしてわが家族はこんなふうなのか。自分のことは棚に上げて、ずっと思っていました。『血脈』を書こうと思ったのは長い間、そんな思いを抱えていたからです。

書き始めると、ハチローのエゴイズムの裏側に潜んでいるものが見えてきました。小説の基本は、人間について考えることです。そして、そのためには、さまざまな現象の下にあるものを見なければならない。

『血脈』を書いているうちに、今まで見えていなかったものが見えてきました。それが書くことの意味であることがわかってきました。人間はひと色ではありません。いろんな色が混ざっています。みな矛盾を抱えて生きているんです。

佐藤家の人間は生まれ持った人一倍強い情念を抱えて、それなりに、苦しみに耐えて生きていたことがわかってきました。小説に書くことによって、兄たちへ抱いていた批判は消えて、私なりの理解と愛が生まれたのです。

《一四年に長編小説『晩鐘』を刊行した。佐藤さん自身に重なる語り手の老作家は、「みんないなくなった――」と手紙をつづる》

親しかった作家はみんないなくなりました。私より年長は九十五歳の瀬戸内寂聴さんおひとり。万一、寂聴さんが先立たれることがあれば、九十三歳の私があの世に向かう女性作家の列の先頭。冥途《めいど》の風を真っ向から受ける立ち位置になるのです。

寂聴さん、どうか頑張って、いつまでも私の衝立《ついたて》であってください。

最後はわからずとも受け入れる

私の人生はつくづく怒濤《どとう》の年月だったと思います。しかし、その怒濤は自然に押し寄せてきたものではなく、人から与えられたものでもない。私自身の持ち前の無鉄砲でそうなったのだと気がつくと、よくぞ奔流に流されず溺れずにここまで生きてきたものだと、我ながら驚いてしまいます。とにもかくにも自分の好きなように力いっぱい生きてきました。決して楽しいといえる人生ではなかったけれど、恨みつらみはありません。何ごとも自分のせいだと思えば諦めもついて、「悪くなかった」と思えるのです。

二番目の結婚相手は私と同じくもの書きを目指していて、難解な哲学や文学を論じては仲間を煙《けむ》に巻く男でした。富裕な育ちで、寛大で欲がなく、誰からも好かれる人。好き嫌いに関係なく他人に金を貸したり、だまされたりして、それでも怒らず騒がず平然としていた。その後、彼は事業に失敗して、だんだんだまされる男からだます男に変わったのです。彼の寛大さは人間への愛情からではなく、ある種の欠落が原因なのか、それとも彼の哲学なのか、私にはわかりませんでした。夫婦喧嘩《げんか》は日常化し、私は悪鬼となって彼を攻撃し、やがて私たちは別れ、彼は別の人と再婚し、何年か後に死にました。

最後の作品になると思い、八十八歳で長編小説『晩鐘』を書き始めました。小説で彼を書くことによって、私はその変貌《へんぼう》を理解しようと考えました。人間を書くということは現象を掘り下げること。一生懸命に掘ればば現実生活で見えなかった真実が見えてくる。そう思って書いたのでした。

しかし書き上げても何もわかりませんでした。わからないままでした。いくらかわかったことは、理解しようとする必要はない、ただ黙って「受け入れる」、それでいいということでした。

それが作家生活六十年かかってたどり着いた境地です。

（聞き手＝なかむら　まりこ／朝日新聞社文化部記者）

まっしぐらに生きて
気がつけば、人生の終わりに

――新刊のタイトルは『気がつけば、終着駅』。どういう思いでつけられたのでしょうか。

もうおしまい。それだけのことですよ。とにかく、まっしぐらに生きてきました。あまり先のことを考えずにここまできたけれど、気がついたら人生の終わりに来ていた。

私の干支《えと》は亥《いのしし》ですからね。猪突猛進してきて、八十代までは歳のことを考えなかった。それが九十を過ぎると五感は衰え、体はあちこち悪くなってきて。そこで初めて人生の終わりに来ていることに気がついた、ということです。

今回の本は、五十年以上前から今日までに『婦人公論』に書いたものを集めたものです。『婦人公論』からエッセイの依頼を受けたのが、プロの作家としての私の第一歩でしてね。それが昭和四十年ごろでしたかね。その時から今日まで五十年あまり『婦人公論』とおつきあいしてきたわけで、その五十年の間に世間も変化し、私自身も変化してきました。その間のエッセイを年代順にまとめると時代の推移が見えて面白いかも、と思って、本を出してもらう気になったんです。

初エッセイは「悪妻」について

――芥川賞候補になった小説「ソクラテスの妻」がきっかけで初めてエッセイを依頼されたのは一九六三（昭和三十八）年。三十九歳だったこの頃は、佐藤さんの人生においてどのような時期でしたか。

売れない小説家でした（笑）。二度目の結婚をして娘が生まれ、夫の田畑麦彦も作家を目指していました。ちょうど、田畑の父が亡くなって、夫婦で売れない小説を書いていることができるくらい遺産をもらうという、結構な身の上でしたので、傍目《はため》にはのらくら夫婦に見えていたと思いますよ。いや実際のらくらでしたね、夫婦とも。その後でドカッと罰が下りましたけど。

わが家は同じような小説家志望の友人のたまり場のようになって、夕飯は私の家で食べるのが当たり前みたいに思ってる手合いがいたんですよ。のらくらの私の中にも眠っていた「主婦気質」というようなものが目覚めてきて、怒ってばかりという生活に。それで書いたのが「ソクラテスの妻」です。あの作品によって私は、男を攻撃する女としての立場を確立したんです。確立ってのもヘンだけど

（笑）。つまりは原稿注文が来るようになったってこと。

――メディアに「悪妻代表」と書かれた佐藤さん。初エッセイ「クサンチッペ党宣言」は、伝説的悪妻と名高いソクラテスの妻クサンチッペとご自身を例に、悪妻とは何かをユーモラスに書いたものでした。なぜ「悪妻」が注目されたのでしょうか。

もともと「悪妻」というのは、男社会が一方的につくり出した概念です。男が勝手に女の理想像をつくって、そこから外れた女を悪妻と呼んだ。私が「悪妻たれ」と言い出したのは、当時としても珍しかったでしょうね。

日本の女性は、長い間、妻というものは夫に仕えるものだという考え方を妄信し従っていました。あのエッセイを書いたのは、女性たちのそんな考え方が変わってきたから。女が男の理想から外れはじめたんですね。

なぜ変わったかというと、戦争に負けたからでしょう。敗戦でそれまで私たちが教わってきた道徳というものが全部ひっくり返った。戦後の男たちは疲れ果て、自信を失っていましたね。とにかく敗戦国ですから。食べるものはなし、仕事はなし、家はバラックで失業者だらけですよ。

そこで女たちが生きる力を発揮したわけです。女は子どもに食べさせるものがなければ、必死になってお芋やお米を手に入れようとする。戦後、主食は配給以外で買うと法律に触れました。だから女たちは鉄道で近在の農家へ行くのね。持ってきた着物だなんだを渡して機嫌を取り、わずかばかりのお米を分けてもらう。帰りに駅で見張っている警察に没収されないよう、背負ったお米に毛糸の帽子をかぶせて赤ん坊に見せかけて運んだり、知恵を絞ってね。たくましいでしょう。そうやって一家を食べさせたのは女なんです。そのあたりから女は実力で強くなっていきました。

それで男と女の力関係というものは次第に変わっていったんです

ね。

苦しい経験も糧になる

――第二作は田畑氏との再婚を入り口に女性の人生の選択について記した「再婚自由化時代」（一九六三年）。このなかに「人生のつまずきは、さらに新しい人生へ向う一つの契機にほかならない」という一文があります。その後、佐藤さんは田畑氏の破産が原因で離婚、その借金を自ら返済するなどたくさんの苦難を越えてこられました。

つまずきから立ち直るために必要なものとは何でしょうか。

そんなものありませんよ。だって、つまずいたら起き上がるしかないわけでしょう？　倒れっぱなしっていうことはないんですから。人間は自然に起き上がって次の人生に向かって歩き出すものなんです。

またつまずくかもしれませんよ。私みたいに深く考えない人は、つまずきが多いの（笑）。だけど、つまずきをマイナスだと思わなきゃいいだけの話。つまずきのない人生なんてあるわけないんですからね。

夫の会社の倒産で私が借金を肩代わりしたことも、つまずきとは思ってないですよ。あのとき私はそうしたかった。それだけのことです。

——田畑氏との離婚後のエッセイ「三人目の夫を求めます」（一九七一年）では「心の柔軟性を保つために（三度目の）結婚したい」と書いています。結婚は女性にとってどういうものと考えていらっしゃいますか。

「三度目」は文章の行きがかり上書いただけで、現実にはありませんよ（笑）。

ただ、柔軟性というのは経験の量から生まれますから、苦しい経験も大いにしたほうがいいと私は思っています。

娘が結婚するときに、「酒もタバコもやらん堅い男をムコにすれば、一生安泰」という親心は、間違ってると思うんですよ。結婚生活というのはそれまで思ってもいなかったようないろんな経験、つまりは修業をすることになりますから。

ひとりでいたって大変なことはありますよ。でも結婚したほうが、それまで思いもよらなかった他人の考えと衝突して、たくさんの経験をすることになる。

他人と生活を共にするってことは、経験のし甲斐があると私は思っていますね。どんなに大変な目に遭ったとしても。

五十年の変化とは

――新刊の前書きには「それにしてもこの五十年間の日本の変りようはどうでしょう！　国の変化に伴って、日本人、男も女も老人も子供も変貌して来ました。同時にこの佐藤愛子も変化しています」とあります。五十年の変化とはどういったものでしょうか。

この世の中は、良くも悪くも変化するのが当たり前。現状よりもさらにいい暮らしを、と思えば当然状況を変化させようとする。しかし歳をとると変化に対応することが厄介になってくるから老人は変化を好みません。今の私がそうです。

この国が最も変化したのは、かつては精神性に重きを置いていた日本人が、こぞって物質的価値観になったことですね。

たとえば学校でイジメられている子どもがいる。昔の親はそれを聞いて「お前はその子の味方をしてイジメっ子と戦いなさい」といったものです。しかし今は「さわらぬ神にたたりなしという言葉があるからね。知らん顔してないとお前がイジメられるようになるかもよ」と教える。

五十年前は古い日本人の精神性というものがまだいくらか残っていた。何が美徳か、美しい行いとは何かを子どもに教える大人がいました。でも今は美徳を教えないで、損得を教えるようになっていますね。

美徳とは何かって？　いや、それについてしゃべり出すと、終わらなくなるからやめましょう。「君はヤバン人か」と昔、遠藤周作さんに言われたことがあるけれど、私はなんだか時代オクレの人間のようなんですね。ですから、何かの相談を受けても「私の言うとおりにしたら、ろくでもない人生になりますよ」と断ったうえで答えています（笑）。まず損得ということは無視して生きてきました。これだけでももう、時代錯誤ですね。

長生き時代の不安に答えます

Q　二〇一九年は「老後のためには年金以外に二千万円貯蓄が必要」というニュースが世間を賑わせました。そんな備えはない、と将来を案じる声が多くあがっています。

私は長い間、借金のせいで貯金通帳は残高ゼロっていうのが続いていましたからね、備えるなんて考えはないんです。いつの間にか借金を返し終えていくばくかの残高ができているのに気づいたときは、使い果たしてゼロにしたい気持ちになった。何かいつもと違う日常があらわれたようで、落ち着かないんですよ。ゼロが続いているのが「私の」通帳なんですから。
いまは少しは貯蓄があるんだろうけど、いくらだかわからない。長く生きていると何かの商品が満期になったりして、銀行から何やかやと書類が来るんですが、何十年も前にセールスに根負けして入ったものなんか、いまごろ書類が来たってワケがわからないんですよ。娘に「これ何だろう」って聞くと、「自分で勝手にやったことでしょ。私は知らない」と憤慨される。（笑）
こんな具合だから、「老後資金二千万円」ですか？　私がもっと若くても、そんなこと気にしてませんね。若いうちから先のことを考えて生きるなんて、つまらない人生です。「うまくいけば足りなくなるまでに死ねるだろう」って思っていたでしょうね。だって考えたってしょうがないことでしょう?

老後の生活が心配なら、いまから倹約すればいいじゃないですか。現代人は無駄なことにいっぱいお金を使っていますから、いくらでも倹約できますよ。スマホなんて、あってもなくてもいいようなもの。便利のための機械が多すぎるんじゃないですか。

新聞で振り込め詐欺の記事を読んでると、みなさん、お金を持ってますねえ。ほとんどの人が犯人の要求にすぐに応えているもの。

Q　人生百年時代といわれます。いつまで生きることになるか、わからないから不安です。

そんな心配は、何もいまに始まったことじゃありません。何千年もの間、いつまで生きるかわからない、先が読めないって思いながら、人間は生きて死んできた。そういうものなんです。何人かの賢人は先を読んだのでしょうけどね、われわれ凡俗は、自然の流れに従って生きていくしかありません。

こんな悩みがあるっていうのは、現代はそれだけ生きていくのにゆとりができたってことですね。

Q　六十代以降も働くことが推奨される世の中です。いったい何歳まで働かなくてはいけないのか、考えると気が重くなります。

「働かなくてはいけない」っていうんじゃなくてね、人間は働くようにできてるんですよ。私のように九十六歳になると、働きたくても思うように体が動かない。それでいて気持ちだけは妙にエネルギーが残っていて、本当に苦しいですよ。

「老後はのんびり暮らしたい」なんてよくいいますけど、のんびりっていうのはそんなに幸せなもんじゃない。のんびりできてよかったと思うのは、病気になったときだけですよ（笑）。健康な人間だったらやっぱり、働くことで幸福感が湧いてくるものです。

私も求められるうちはなんとか頑張りたいと思っていますよ。「佐藤も最近ちょっとおかしくなってきたから、もう仕事は無理なんじゃない？」なんていわれるようになるまではね。（笑）

片足は棺桶

威張りながら頼る

二〇二〇年の秋あたりから、私は居間の隅のテレビの前、もう何十年も使い古して芥子《からし》色が黄土色に焼けて来たソファに座ったまま、毎日を過ごしている。

ソファの前にはテレビがある。だからといって、テレビを見るためにそこにいるわけではない。身体に馴染んだ古いソファがそこにあるから座っているだけのことだ。テレビを見ないのは、つまらないからではない。ただ見ているだけでなぜか涙がにじみ出てくる。拭いても拭いても出てくる。そして赤く腫れる。左目がひどいが、時々、右目もなる。テレビだけでなく、本や新聞を読んでもそうなる。点眼薬と塗り薬も効かない。かと思うとケロリと治っていることがあるが、一日二日でまた始まるから、治ったからといって喜びも安心もしない。年を取るということはこういうことなのだ。これが人間の自然である。「治療」なんてことはもうない。そう心得た方がよいのである。

耳も聞えにくくなっている。その聞えにくさは相手によって違う。補聴器をつけても聞えるとは限らない。声の大小よりも滑舌が問題なのだが、「すみません、もう少し大きな声で」とはいえるが「すみません、滑舌をよくして下さい」とはいいにくい。いわれたほうも困るだろうし。一番厄介なのが総じて二十代と思しき女性の電話である。なぜかどの人も早口で声が腹（臍下丹田《せいかたんでん》）から出ていないから、語尾がスーッと消える。仕方なく何度も聞き返すとやたらに細い声がかん高く大きくなって、さっきは遠くから聞えてくる小鳥の囀《さえず》りのようであったのが、突然怒った怪鳥という趣になって、耳中にクワーックワーッと響き渡る。

ここに到って私は正確に聞きとることを諦める。そうすると当てずっぽうの返事をするしかなくなる。それによってどうにか会話はつづくのだが、時折ふと沈黙が落ちて、どうやらそれは私の応答がトンチンカンなためのように思われる。向こうは質問しているのに、「ハア……なるほどね」といって澄ましているのかもしれない。

この数か月、私が人と会わず、家から一歩も出ないのは柄にもなくコロナウイルス三密を避けているからだと人は思っているらしいが、コロナとは関係なく、こうしているのがらくであるからしているだけのことなのである。気力体力とみに衰え脳ミソはすり減って、思考力想像力持久力記憶力、その上、物欲さえもすべて薄らいでしまった。退屈を感じることさえなくなっている。それゆえそれに合せた暮し方になっているだけのことである。

私の家から十分もかからないという所にサミットというスーパーマーケットがある。ある日、私は娘に誘われて久しぶりにサミットへ行った。サミットは私の孫が小学校へ上がった頃、およそ二十年ほど前はよく行っていたスーパーである。忙しい仕事の合間を縫って走って行ったものだ。大急ぎでした買物の籠をカウンターの台の上に置くと、待ち構えていたおばさんがさっと籠を引き寄せて、手早く中身を点検して支払い金額を算出してくれる。お互いのリズムはなかなかのものだった。ある時、籠の中に私が入れた胡瓜《きゅうり》をとり出したおばさんが、いきなり、

「これはダメ」

といって胡瓜を手にどこかへ走っていった。走りながら「曲ってる、この胡瓜」と叫んでいる。

間もなく彼女は取り替えた真直《まっすぐ》な胡瓜を持って息せき切って戻って来たのだったが、胡瓜が曲っていようといささかも気にかけない私に比べて、少しの曲りも見逃さないおばさんのこれこそ「主婦魂」というものか、職業意識かと私はひどく感心したのであった。

そんなことを思い出しながらサミットへ何年ぶりかで私は行った。勿論、おばさんの姿はない。カウンターの台の前に立っているのはきれいに化粧した「おねえさん」である。買物を入れた籠を台に乗せるとおねえさんはかつての型通りに籠の中身を点検し会計額を出し、そうして、その籠を受け取ろうとした私の手を無視して、横にある為体《えたい》の知れないキカイの上に乗せた。

私はじっと立っていた。立っていたのはどうすればよいのかわからないからで、その説明を「おねえさん」がしてくれるのを待っていたのだ。だがおねえさんは私のことなど忘れたように次のお客の籠の中を点検している。してみるとこの頃は何でもキカイ化しているらしいから、今にキカイが勝手に動いて、何をどうしてくれるのかわからないけれど、とにかく私はそれを待つことにしたのである。

そこへ手洗いに行っていた娘の声が聞えた。

「何をボーッとしてるのよ。さっさとお金、入れなさいよ！」

「お金？　どこへ入れる……」

というのも口の中。娘は私を押し退《の》けて、目にも止まらぬ早わざ。ハイ、ここを押して、そしてこうして、お金出して下さい。三千四百二十六円ね、小銭はこっち、お札はここ。ハイ、レシート……。あっという間に支払いは完了したのであった。

以後、私はサミットへ行かなくなった。断乎《だんこ》、行かない。何があっても行かぬと決心した。わけのわからぬキカイの前であの早わざで見せられた支払い方法は、一度や二度では覚えられないからである。

かつて私はこの家の大黒柱だった。娘に孫、それに婿どのを加えた家族三人はそれを認め、私に敬意を払ってくれていた。だが年を追ってその雲ゆきは怪しくなって来た。そしてこの頃は「威張りながら頼る」という何とも厄介な事態に立ち到ったのである。

パソコンは電話がかけられない？

そんなある日、文藝春秋の私の担当編集者山口女史から電話がかかって来た。用件というのは以前に文庫出版された『老い力』というエッセイ集についての相談である。山口女史はこういった。

「あの『老い力』のテキストデーターをオンラインに」

ここまではここに再現出来るのだが、その後がいけない。山口女史が何をいおうとしているのかがわからない。わからないから返事が出来ない。彼女は返事を待っている。答えないのは聞こえないからではなく、オンラインとはどういうことかわからないからなのだ。だがそういう私の苦況は山口女史には理解出来ないだろう。この文明の世にそんなことがわからない奴がいるとは夢にも思わないだろうから。オンラインだけではない。山口女史はその後の説明の中で、私には未知のインターネット語（？）を使ったのだ。

そのインターネット語は三つもあって、そのため私はチンプンカンプンだったのだ。

その後山口さんに会った時、私はチンプンカンプンになったわけを説明したところ、彼女はそのインターネット語とやらは私は三つも使っていません、普通にしゃべっただけですといった。そういわれてみるとそうだったかもしれない。やっぱり私の耳は大分悪くなっているのだな、と思う。もう以前のように自分の思い込みに固執しない。しないというより、出来ない。素直なものだ。一瞬暗澹《あんたん》とするが、それもすぐ忘れる。

インターネット、そんなもん、わからなくたって生きていける……。今までに何度、私はそういって来たことか。娘や孫相手ばかりでなく、心許した編集者、私を奇人変人と思っている友人、佐藤愛子らしいいつもの「放言」と聞き流してくれる人ばかりでなく、真面目なインタビュアにまで本気でいってきた。本気だ。全く本気で、真面目に私はそう確信していたのだ。

その確信が揺らいだのは、留守中に届いていた宅配便を見た時である。

「ご不在連絡がスマホに届く！」

という貼紙が包みの上に「これ見よ！」とばかりに貼りつけてあったのだ。

私は意味不明のその貼紙を、意味不明であることに腹を立てて剝《は》ぎ取って丸めて捨てた。

そんなもん、わからんかて、生きていくワイ、と胸に叫んだ。私は感情が高まると生れ故郷の言葉になる。

そうこうして（インターネットを無視していると、生きて行けない時が来るかもよ、と誰かに言われたことがあったが）、それを切実に思い出す時が来たのである。

ある日の朝日新聞の書評欄にぼんやり目を向けていた時のことである。

「……私はこの社長が大好きだ」

という一行が目に飛び込んで来た。この頃の私の視力はとみに衰えて、新聞は読むというより「眺める」という見方になっている。視線を漂わせていると、向う（つまり紙面）の中から言葉、あるいは文章が飛び出してくることがあり、「おっ！」と思って改めて読み直すという読み方になっているのだ。

「一番好きなシーンは、会社のパソコンがウイルスに感染したのは自分がインストールした囲碁ソフトのせいではないかと社長が怯《おび》えるくだり。私はこの社長が大好きだ」

それは長嶋有《ゆう》さんの「泣かない女はいない」という短篇小説につ

いての歌人の山田航《わたる》氏の批評である。私の目が引き寄せられたのは「私はこの社長が大好きだ」という一行だった。小説の登場人物を「大好きだ」と書く書評は珍しい。その「大好き」の一言で私は「泣かない女はいない」を読みたくなった。書評で「大好き」といわれる社長はどんな人物なのか、私は読まないうちからもう、この「社長」を好もしく思っているのだった。

だがその一方で、私は気がついていた。「会社のパソコンがウイルスに感染したのは自分がインストールした囲碁ソフトのせいではないかと怯える」とはどういうことなのか、私にはわからない。パソコンがウイルスに感染？

「ウイルスとは超顕微鏡的大きさ（約二〇〜二六〇ミリミクロン）を有し、生物に寄生し、生きた細胞内でのみ増殖する微粒子。形は球状、棒状などの他、頭部と尾部とをもつものもある……」

広辞苑はそう説明している。それ以外に「ウィリス」といえば「イギリスの医者、戊辰戦役に官軍のために治療に従事云々」というのがあるだけである。仕方なく（したくはないが）私は娘を書斎に呼んだ。パソコンがウイルスに感染したってどういうこと？　娘は「またかいな」という顔になった。面倒くさそうにいった。「ウイルスってのはパソコンを壊してしまうデーターのことよ」

「ふーん」といった後、私は少し黙り、それから呟いた。「何のことか、さっぱりわからん……」そしていわでものことを言った。「広辞苑で調べたら、形は球状、棒状などあって頭と尻尾があるって書いてあったけど」

「それって、いつの広辞苑？」

えらそうに娘はいい、机の上の広辞苑を開いていった。

「なにこれ、昭和三十年五月に発行されてるんじゃないの。新しいのを買いなさいよ」

それは表紙裏おもて、手ずれどころかガムテープを二重三重に貼ってそれでもボロボロは隠せないといった代物《しろもの》で、私が三十歳を幾つか過ぎた頃、正式にというのもおかしいが、小説家を目ざそうと、本気になった時に買ったものである。昭和三十年じゃ、インターネットなんて影も形もないもんね、と娘はいい、「新しいのを買いなさいよ」といって部屋を出ていった。

その後、私はインターネットの勉強を始めた。孫が先生である。新しく買って来たノートに書いた。

「ケイタイ。

相手を呼び出し、会話する。（電話の機能）

メールのやりとり。

カメラ撮影」

「パソコン（パーソナルコンピューター）

あらゆるジャンルの情報が詰っている。

わからない文字、その意味などすぐわかる。

文書作成。小説も書ける。

計算も出来る」

何しろ孫が先生だから、書き方にとりとめがない。わかったような、わからないようなハッキリしない頭で私は書く。

「スマホ（スマートホン）

ケイタイ電話プラスパソコン。つまり電話をかけられるパソコン」

そこで質問した。

「じゃあパソコンって、電話をかけられないの？」

「かけられない」

「じゃあスマホは？　電話かけられる？」

「かけられるよ。電話だもの」

「でも電話だけじゃないんだよね」

「そうだよ。だってコンピューターみたいなもんだもの」

「じゃあスマホはパソコンなの？」

「違うよッ！　電話だよッ！」

孫は怒り、私は勉強をやめた。


私は黄土色のソファに座って今日も庭を見ている。蠟梅《ろうばい》は散った。白梅がほころび始めている。目の前にテレビはあるが、見るためにそこにいるわけではないから、見ない。ぼんやりと私は思っている。

――そもそも文明の進歩とは、人間の幸福を目指すものではなかったのか？

今は何を目指している？

ただ思いをめぐらせているだけで、答を求めているわけではない。

すぐに忘れる。それからまた思う。

——文明は進歩しているが人間は進歩しているのか？　劣化ではないのか？　進歩していると思いながら劣化していっているのではないのか？

かつては同じことを激越にしゃべったものだ。

そして聞き手を困らせたものだ。今は思うだけだ。ぺらぺらしゃべると疲れる。孫が聞いたらいうだろう。劣化しているのはおばあちゃんじゃないの、と。

だが、こうしているのも悪くないのだった。これはこれで悪くない。何をしたい、何を食べたい、誰に会いたい、どこへ行きたいということがなくなっている。脚萎《あしな》えになったら人に迷惑をかけるから鍛えなければ、とも思わない。

黄土色のソファの一部になって私は生きている。これでよい。これ以上に望むことは何もない。九十七年生きて、漸《ようや》くそう思えるようになってきたことを有難いと思うことにする。

小室眞子さんは
汚濁が渦巻く世界の扉を開けた

実に勇壮な恋愛

――秋篠宮《あきしののみや》家の長女・眞子《まこ》さんが、小室圭《こむろけい》さんとの婚約内定会見から四年、小室家の金銭トラブル報道などを受けての延期を経て、二〇二一年十月に結婚されました。どのような感想を持たれましたか。

いやぁ、久しぶりでホンマモンの恋を見ました。この節は恋というよりも情事というか、たいした悩みもなく苦しみもなく、簡単に結ばれたり別れたりする恋愛らしきものばかりのようですね。三年も四年もかかって何のかのいわれながら結婚にこぎつけたという恋愛は久しぶりですよ。テレビドラマにもないんじゃないですか。

眞子さんという方はほんとうに意志が強くて真面目な方なんですねえ。嫋々《じょうじょう》とした悲劇的恋愛ではなくて実に勇壮です。昔はこういう恋愛はありましたけどね。色恋に対して頑固な時代でしたから、やれ身分が違うとか、貧乏人とは釣り合わないとか、不良の兄貴がいるとか、親や親戚の反対、世間の目がどうだとか、いろいろと障害があってそれで恋の成就を諦めた例は山のようにあります。明治、大正、昭和を超えて現代に至るまで、女性は女の人生は自分の力で築けないものと思い決め、「諦める」ということをまるで美徳のように身につけていました。

泣いて諦める——。お芝居なんかもそこで見物を泣かせたものですよ。ハンカチで涙拭き拭き、「ええお芝居でしたなあ、よう泣かせてもらいました」と満足しているおばさんがたくさんいたものです。女性は悲劇が好きでした。悲劇の女主人公に自分を当てはめて、一緒に泣いて溜飲を下げたのね。

女性が意見をいえる時代に

ご結婚についての会見の様子をテレビで見ましたが、すっかり感心しました。うちの孫が同じ三十歳ですけどね。孫を見てるものだから、よけい感心したのかもしれません。実に堂々、毅然としておられて、いわれることに無駄がない。見ている人たちはバラエティを見ている時の視聴者ばかりじゃありませんからね。世界中のうるさ型が見てるんですよ。

にもかかわらず、聞いたところでは、ネットニュースのコメント欄に不満や批判が書き連ねられ、その欄が閉鎖されたというじゃありませんか。まったく何かというとああのこうのと、たいした意見でもないことをいい連ねる世の中になりましたねえ。何かしらイチャモンをつけるのが楽しくてたまらないみたいな。いちいちうるせえ、といいたくなる。いちいちうるさいのは佐藤愛子のはずだったのが、その佐藤が苦々しく思うのだから、私はもう引っ込まざるをえませんねえ。

女性が解放されて、自由に意見をいうようになったのは、めでたいことというべきだろうけれど、しかしそのいい方がね、なんだか喧嘩吹っかけてるみたいというか、若いのに自信ありすぎというべきか。かつての女は人前で意見をいわなかった。いうべき意見がなかったんです。男はえらそうに「女はだまっておれ！　うるさいぞッ。ペチャラクチャラと」などと二言目にはいい、「女は挨拶さえいっていればええのや」というおっさんなども少なくなかったのが私の少女時代です。それに較べるとホントにいい時代が来た、といつも私は思うんだけれど、よくなった分、悪くなったなあ、と思うマイナスもあり、ものごとというものはうまくいかないものだなあ、とつくづく思う今日この頃です。

こういうと、じゃあその悪くなった点について聞こうじゃないか、どんなところです？　え？　私たちのどこがいけない？　と迫られるオソレがあるので、九十八の齢《よわい》を重ねてエネルギーが底をついた私にはその勢いに対応する力がないことを思い、いわざる、聞かざるになっていくのです。これでも。

「我々の税金」というな

眞子さんは一億五〇〇〇万円ともいわれる一時金の受け取りを辞退されたと聞きます。おそらく国民の思い、イチャモンに忖度《そんたく》されたのではないか。それでも小室夫妻の警護などに公費が使われていることへの批判があるといいます。

今は何かというとお金の話が出てくるのね。損か得かのほうへアタマが行くらしいのね。「これだって我々の税金がモトだ！」ってすぐにいう。二言目には「我々の払った税金」が問題になる。

いいじゃないですか、収入がなくて税金を払えないのならともかく。いくら税務署のガチガチ頭でも、収入がないのに払えとはいわないでしょう。

私は昔、倒産して借金取りに取り巻かれるという日々を送ったことがあります。倒産したのは夫であって私は何の関係もなく、売れない小説を書いていただけの女房でした。それでも連れ合いが借金ダルマになれば女房にも責任がかぶさってくる。それを返すためにシャカリキになってつまらない少女ユーモア小説を書きまくっていると、確かに収入はある。あるけれどもそれは右から左へ借金取りの手に渡るしくみになっちゃってる。そこへガバッとくるのが税金です。何のことはない、借金と税金の往復ビンタです。亭主のほうは借金取りから逃げるために行方不明になっている（後で知ったことだけど、行方不明となったついでに酒場のママといい仲になっていた）。

私はそうした修羅場を生き抜くために、亭主の悪口を小説に書いて収入を得、その金を借金取りに渡すという毎日を送っていました。それでも税金は滞納せずきちんと払っていたからたいした馬力でしょう？

夫の借金を妻が弁済する義務は法律的にはないということを知ったのは、ずっと後になってからです。なぜ弁護士に相談しなかったか、といった人がたくさんいたけれど、タダで相談に乗ってくれる弁護士なんていませんからね。弁護士を頼む金なんかないんだから、どうしようもない。

その経験以来、私は「損得」を無視して生きる癖がつきました。哲学として体得したのではなく、いつか癖がついただけです。そんなことにかかずらわっていると毎日がコセコセして楽しくない。

だからね、眞子さんの警護に使ってる費用も我々の税金から出てるなんて、ミミッチイことはいわないの。そんなことをいうのは、昔は「女の腐ったような奴」と嘲笑されたものですよ。

困窮を耳にしたなら

――小室圭さんの母親の金銭トラブルについては、どう思われましたか。

小室圭さんは、お母さんが元婚約者から借りたという四〇〇万円を即刻返すべきだと私は思います。四〇〇万円なんて返せない額ではありません。返そうと思えば、工面《くめん》できる金額です。それをしないのは返す気がないということでしょう。違いますか？　それを正当化するために、「返してもらうつもりはなかった」といった過去の元婚約者さんの言葉を引き合いに出しています。

しかしその人がたとえそういったとしても、自分が困窮している時に四〇〇万円を出してくれた人に対する「感謝」は消してはならないと私は思います。「返す必要はない」と元婚約者さんがいったことは多分事実でしょう。多分その時、彼は豊かだったのでしょう。しかし週刊誌などの報道によれば、今は老いてお金に困っているらしい。困窮の果てに、昔貸した金のことを思いだしたであろう彼を気の毒に思う気持ちが小室家にはないのが私はとても残念です。その四〇〇万は返さなくてもいいと彼がいったのには、それなりの理由（つまり、お母さんとの愛情のやりとりがあったとか、男としていいところを見せたかったとか、あるいは「愛の告白」だとか）があったのかもしれない。

しかし、月日は流れて現在、彼は困窮している。その「困窮」を耳にした時、これは大変だ、すぐに四〇〇万は無理だとしてもたとえ半分でも何とかして届けたい、というのが、かつて恩をこうむった人間として思うべきことではないのか。しかし小室家の総意は、「あの時、返してもらうつもりはなかったと元婚約者はいった。録音もあります」というものだった。

問題はそんなことではないだろう。私はいいたい。感謝はどこへ行った、感謝は！　と。

新聞の報道によると小室さんは結婚会見で「感謝しています。解決金を払いたい」といっておられたということだけれども、それならすぐにでも耳を揃えて払ったという事実の報道がありそうなもの。

しかしながらこういう件は事実がどこにあるのか、メディアの報道だけでは心許ない面が多々あります。メディアによっていろんな違いがあることは周知の事実です。どのメディアが正しいかいちいち記録を取ったり、過去にさかのぼって調べる暇はありませんから、中途半端な認識のまま、こうしてもしかしたら見当チガイの感想(小室さんへの批判)をいっているのかもしれない。もうこのへんでおしゃべりはやめます。

結婚後の幸せは

――ハイ。お気持ちはわかりました。最後にもうひとつだけ。お二人の今後についてはどのようにお考えでしょうか。

恋愛っていうのは病気ですからね、どんなに盛り上がっていてもいつか熱は下がるでしょう。眞子さんは汚濁が渦巻く世界の扉を開けて、足を踏み入れられた。そんな感じがするんですよ。

マスメディアの注目は続くでしょうし、圭さんのあのお母さんもついてくる（笑）。これまでの皇族としてのご苦労とは違う、日本の女がずっと背負ってきた家庭の苦労ってものをなさって、これが普通なんだと知っていくわけですよね。その時に圭さんがしっかり眞子さんの気持ちを理解して支えられるかどうか。どんな夫婦だって「ずっと仲良く」なんて難しいものです。

確かにいえることは、扉を開いた眞子さんが、この先、苦労をどのように咀嚼《そしゃく》して自分の肥やしにしていくかに私は期待するんです。「結婚してお幸せに」なんてよくいうけれど、何が幸せかなんて、そんなことはわかりませんよ。大変なことにぶつかって乗り越えていく。マイナスを糧にできる人こそが本当に幸せな人だと私は思います。

近況短信

九十八歳の新たな挑戦

九十八歳。作家では最高齢の域だ。

二〇二一年五月に雑誌のエッセイ連載を終了し、執筆は打ち止めにすると決めた。以来一年あまり。

「もう私なんか忘れられていますよ。死んだと思っている人もいるんじゃないですか」と笑う。

仕事をやめたことで、体は元気を取り戻した。昨秋、庭で転倒し肋骨を痛めたが、病院には行かず自力で治したという。

「娘や孫が救急車を呼ぶって言うからね、冗談じゃない、何を言うかって（笑）。肋骨なんて寝てりゃ治るのに、入院させられたら、自分らしい生活ができなくなる」

もともと外出ぎらいなうえ、コロナ禍になってからは週に一度、整体に通うほかはいっさい出かけない。しかし、断筆後の生活は、どうしようもなく「ヒマで退屈」だった。

「楽隠居というのは、私には向いていないんですね。何もしないでいると、生きている実感がない」

いつしか、誰に依頼されるでもなく原稿を書き始めていた。没後に出版してもらえたらと書籍の編集者に話をしたところ、本誌(『婦人公論』)編集長が掲載を願い出て、次号より連載開始の運びとなった。

題して『思い出の屑籠《くずかご》』。人気の痛快エッセイや『血脈』などの小説に自身の体験や身内のことを書いてきたが、題材にせず屑籠に入れてきた小さな思い出がある。それらをひとつずつ拾い集め、原稿に結実させていく。

体調には波があり、何をする気も起きない時は、日がな座って庭を眺めていることも。だが最近は、元気に起き出す日が増えた。朝ベッドで目覚めると、書きたい光景がパノラマのように見えてくる。早く書かないと忘れてしまうから、急いで起きて机に向かう。

人気作家の父、女優だった母を持つ佐藤さん。四つちがいの姉とお手伝いさんにばあや、書生もいた大家族での逸話や、幼稚園、学校での出来事が紡がれる。

自身に残された時間は限られていると実感。

「片足棺桶に突っ込んで、片手に万年筆握りしめて（笑）。でもラクに書いているから、今は楽しいですね」

微笑む瞳には、強い光があった。

百歳。誕生日もヘチマもありませんよ

「飛脚の佐藤」も今はヨロヨロ

——十一月のお誕生日で百歳に。

誕生日もヘチマもありませんよ。まだ死んでいない、それだけのこと。百だろうが、百三だろうが百五になろうが、何がどう変わるわけでもありません。みんなが乗っている電車が目の前を通りすぎていくのを、ひとりただ見送っているようなものです。

『思い出の屑籠』は最後の力を振り絞って書きました。今、単行本のための校正を済ませたところ。本を出すのも、これでもうおしまい。

――九十七歳の時に、長年続いた女性誌のエッセイ連載で断筆を宣言した。しかし昨年（二〇二二年）、本誌で「思い出の屑籠」の連載が開始。

二十五歳で小説家を一生の仕事にしようと決めて以来、書き続けて七十二年。精根尽き果てスッカラカンになって、もう書けないと筆を措《お》きました。でも、そのうちヒマでヒマでたまらなくなって、思い出すままによしなしごとを書き始めていたんです。それが溜まりに溜まってどうしようかと編集者に見せたら、いつの間にか『婦人公論』での連載になっていたわけです。

どのくらい前から書いていたかって？　さあ、どうだったかしらね。もう今じゃ、いろんなことを片っ端から忘れるんですよ。これは、死に支度ですね。すべて忘れるっていうことは。余計なことは覚えておく必要がないんだから。

仕事をやめた今は、退屈なもんですよ。半分ボケたバアサンに仕事の用件で訪ねてくる人もいないから、毎日ウツウツとしています。

以前は目が覚めるとすぐに「今日は何をするんだっけ」と考えて、あの原稿の締め切りがあるとか、インタビューがあるとか思い出し、「いざ出陣!」と起きるわけです。それが今では、目覚めてしばらく床の中で「今日は何をするか」と考えるんだけど、特にすることもなし。仕方なくモソモソと起きる。いざ出陣でも何でもないわけです。起きる時からもう元気がないんですよ。そのうえ、体調がいいか悪いかも、目覚めたばかりじゃよくわからない。

体調は、日によっても時によっても違いますね。起きたはいいがソファに横になって、天井の格子模様を眺めている日も、一日ベッドの中にいることもあります。この夏はとりわけ暑かったので、へばっていました。

そういえば昨年は帯状疱疹《たいじょうほうしん》とやらで、二ヵ月くらい寝込んでいました。でも、原稿が気になって、片足棺桶に突っ込んでたのに、引っ返してきた（笑）。床上げしてからは、歩けなくならないように廊下を行ったり来たりしてね。昔は「飛脚の佐藤」と呼ばれるくらい速足だったんだけど、今やヘナヘナ、ヨロヨロです。

体重も落ちました。すっかり痩せたけど、なぜか顔だけは変わらない。おまけに耳が遠くて自然と声が大きくなるから、みんな元気だと誤解して困るんです。腰が真っ直ぐだって？　それは昔から背中が反っていたから、腰は曲がらないの。目はメガネをかければ読書もできますけど、耳がいけませんね。聴こえがすっかり悪くなりました。

――一日の過ごし方は。

起きるのは六時ごろかしら。それから杖をつきつつカーテンや雨戸を開けて歩いて。顔を洗ったら、表へ新聞を取りに行くのだけど、最近は足が上がらないものだから、やたらにつまずく。我ながらちょっと危ないなあ、と思っています。新聞を読んでいるうちに娘がパンと卵やスープなどを持ってきてくれるから、お腹はすいてないけれども食事する。朝昼兼帯です。食欲はめっきり落ちましたね。食後はもうすることがなくて、ぼんやりと庭を眺めたり、テレビを見たり。夕食は自分で作って食べて、寝室で本を読み、十時ごろには眠くなって寝る。寝つきは昔からいいんです。まァ、何も予定がないので寝過ごしたって別にかまわないんだけど。（笑）

少女時代のあの家が人生で一番幸福だった

――『思い出の屑籠』では、最初の記憶から小学校高学年までの自身の日常が綴られる。記憶の緻密さに驚かされるが。

物を書く人は記憶が必要だから。作家なんてのは過去をずっと引きずって生きているんですよ。同窓会で女学校の先生の口グセを真似すると、友達はみんな「よくそんなつまらんことを覚えているね」ってあきれかえっていましたね。もっとも、作家の頭の中ですから、事実に空想やいろんなものがない交ぜになっているかもしれません。でももうみんな死んでここにいないから、何を書いても文句は言われない（笑）。無責任なもんですよ。

書き始めてみると、その時の子どもになっちゃう。五歳のアイちゃんを書いていると、五歳の目になるのね。作家はみんなそうだと思います。

――エッセイには作家の父・佐藤紅緑と元女優の母シナ、四歳上の姉・早苗《さなえ》、そして異母兄たちが登場する。紅緑は前妻と別れ、女優だったシナを奪い去るように妻にした。

母はあの時代の女性としては進歩的な考え方の持ち主でした。十代のころから平塚らいてうの女性解放運動に触発され、自立したくて女優を志した。それなのに芝居や小説の世界で飛ぶ鳥を落とす勢いだった流行作家・佐藤紅緑に見初められ、狂おしいほどの情熱で求められて、人生を捻《ね》じ曲げられたんです。世間からは駆け出しの女優が作家を籠絡《ろうらく》したと見られましたからね、プライドの高い母にとっては歯がゆいことだったと思います。男に養ってもらってペコペコしなきゃならなくなったことを、ずっと情けなく思っていたのでしょう。

私を身籠ったから、母はその暮らしを受け入れざるをえなくなったんです。姉を産んだ後も、母は女優を続けていけると思ってたんだけど、赤ン坊の姉とその乳母を連れて地方巡業なんかに出かけることの大変さ。女優といっても今のように映像が発達している時代じゃない。ナマの舞台を見せるんですから。赤ン坊を連れての地方巡業には無理があって、それでやめざるをえなくなった。結局、母は舞台を断念し、姉と私を育てる普通の母親になりました。

サトウハチローは父の前妻が産んだ長男です。ほかに三人男の子がいて、母は四人のママ母になったわけですね。そんな波瀾の一族の最後に私が生まれて、それでようやく波瀾が一段落ついたってわけ。

母は父の息子たちに喜怒といったものはまったく見せなかったけれど、それなりによくやっていたと思います。干渉しない、いじめない。いつでも味方をする。悪く言うことはいっさいありませんで

兵庫県鳴尾村西畑（現西宮市）の自宅にて。後列左から時計回りに父・紅緑、母・シナ、姉・早苗、愛子。後年、ファッションデザイナーの芦田淳はこの写真の姉妹の服を絶賛

したね。兄たちが不良になったのは自分のせいもあると思っていたんでしょう。

兄たちにしてみれば、余計な女優がしゃしゃり出てきて、母さんと呼べと言われることになったわけだから。それはやっぱり理不尽なことだと思うでしょう。でも私のことは可愛がってくれましたね。昔の不良は外で暴れても女の子にはおとなしかったですよ。

父は毎月何本も連載を抱えて、盛んに仕事をしていた時期です。書生や居候、使用人も多く、家じゅうに活気がありました。

私は父が五十過ぎてから生まれた子どもだったから、めったやたらに可愛がられました。ちょっとでも泣き声をあげると、誰が泣かした、誰が悪いって大騒ぎ。だから使用人たちはみんな、父の顔色を窺《うかが》って、私の機嫌ひとつで不穏な空気にもなったものです。私のワガママはこんなところに根があるようですね。(笑)

――幼き日の佐藤さんが、寝る前に二階の書斎にいる父におやすみなさいを言うと、「おう」と返事が返ってくる。それが「全生涯での一番の幸福の時」であったとエッセイに書かれている。

あれは本当に、ありありと思い出すことができるんですよ。「おう」と機嫌のいい声が階段の上から降ってくると、台所にいる使用人たちまでみんなほっとする。いつも怒ってる人でしたからね。

あの家には、働き盛りだった作家・佐藤紅緑の隆盛と同時に、私の幸せもあったわけです。小学校五年の時に越した家は広すぎて、人の気配が感じられなくなった。姉は女学校や洋裁学校に通っていたから、一緒に遊ぶこともないし。私が女学校を終えるころに戦争が始まり、そこからは苦労の連続です。最初の亭主は戦争でモルヒネ中毒になり、別居しているうちに亡くなりました。再婚した亭主の大借金を肩代わりすることになったり、波瀾は続きました。

けれど夫の借金と離婚に材をとった作品で一九六九年に直木賞を受賞して、作家として生きていくことができたのですから、人生は捨てたものじゃないですよ。

直木賞をもらう前後から最近までずっと、締め切りに追われる生活でした。夜中に寝床でうつらうつらしていても書きたいことがひらめくから、すぐに起きて書けるように寝室と書斎をひとつにしてね。原稿用紙と文鎮と万年筆はいつでも机の上に広げてあるんですよ。仕事一筋に生きてきましたね。

多忙だったころの珍事件

——仕事を終えて、作家の日常はどう変化したか。

今じゃ、原稿用紙の上にホコリが溜まっています。万年筆は礼状を書くくらい。それすらなんだか億劫《おっくう》なことが多いですね。忙しかったころはよく読者から電話がかかってきて、相手をするのもいい気分転換でしたが、今はそれもない。読者からの手紙や電話は、どれだけ仕事をしているかのバロメーター。仕事をしていないと、静かなもんです。

そういえば以前、見知らぬ男が靴のままドタドタ台所へ上がってきて、「佐藤愛子はいるか。佐藤愛子はどこだ」って叫んだことがありました。仕方がないから出ていって「私が佐藤だけど、それが何か」と言っても、何も言わない。私が「なんですか、あんた。土足のまま上がってきて」と怒っても、「お前が佐藤愛子か」と言うばかり。ところが別棟にいた甥夫婦はその男に後ろ手に縛りあげられていましてね。甥の妻が後ろ手に縛られたままピョンピョン跳ねて庭へ出てこようとしているのが見えたから、塀を乗り越えて隣家に助けを求めに行ったんです。広いお庭でねえ。名前を呼びながら

走っていくと、中から奥さんが出てこられて、「あらあなたは佐藤さん？　どこからいらしたの」って。（笑）
そのころ、美人作家の家に白昼強盗が入るというのが何件か続いていて、遠藤周作さんや北杜夫さんに「まだ来ないかねえ。美人じゃないってことかねえ。泥棒にも見捨てられたか」なんてさんざんからかわれていたの。それが「作家の佐藤愛子さん宅に白昼強盗」とニュースに出たら、電話がリーンと鳴って、北さんが、「おめでとうございます」って。（笑）
今はあまりにヒマだから、泥棒でも入ったら大立ち回りでもしてやろうと思って待ってるんだけど、そんなこともないから本当に退屈でね。セコムとかいうんですか、防犯システムとやらもあるし。
世の中はつまらなくなりましたね。

兄・サトウハチローは
奇抜で繊細な詩人だった

才智を駆使して人を笑わせる

——愛子さんが幼い頃、八郎（サトウハチローの本名）さんが東京から兵庫の家を訪ねてくる様子が近刊『思い出の屑籠』に書かれています。八郎兄さんが来ると家の中が一気に明るくなった、と。

いやぁ、面白い人でしたね。人を笑わせるのが大好きなんですよ。八郎が来ると、家中に笑いが満ち溢れました。何より父の機嫌がよくなるんです。父はユーモアのある人間が好きだから、八郎のことは気に入っていました。

八郎には才気があるんですよ。サービス精神旺盛で、機嫌のいい時はありったけの才智を駆使して人を笑わせる。それをまるで自分の義務のように思っているところがありました。

男兄弟は四人いましたけど、昭和の初め、佐藤家の四兄弟といえば世間では不良の代名詞みたいに言われていました。兄たちの思春期や幼い時分に父が家を出て私の母と暮らし始めたために、一家がバラバラになった。やるせない想いをしたことだろうと思います。そんな四人のなかで、うちへ来て皆を笑わせていたのは八郎だけで

すね。ほかの三人は笑わせるどころじゃなかった。不良をやるのに一所懸命で。（笑）

私が小学生の頃には、八郎は陸奥速男《むつはやお》というペンネームで、少年少女に向けたユーモア小説を書いていました。子供ながらに面白いなぁと思って読んでいましたね。作り物であっても、とにかく徹底的に笑わせていました。後に私もユーモア小説を書いたけれど、それは八郎の影響です。

当初は紅緑の息子だからというので書く機会を得たのかもしれません。だけど面白いものを書いて人気を得て、自力で作家になっていったんだと思います。驚くほどたくさんの小説を残していますか

兄・サトウハチローと

ら。

美術学校でニセ学生、暗躍

八郎はやることが奇抜でしたから、八郎に会った人、話を聞いた人はそのことを鮮烈に覚えていたものです。家族は慣れっこでしたけど。(笑)

私が物心ついた初めから、何かと世間じゃ有名な人でしたよ。作家であり、不良であり、ニセ学生であり。

ニセ学生というのはね、上野の美術学校（今の東京藝術大学）に友だちが多くて、仲間と一緒に何年も美校に通っていたんです。あまりに堂々としているから、守衛も教授も本モノの学生だと思い込んでいた。

漫画家の小野佐世男《させお》が、ニセ学生の八郎がいかに困った上級生だったかを書いていましたよ。先輩ヅラして新入生を校庭に並ばせて、五十銭ずつ集めては卑猥な唄を準校歌だといって教え込んだ、と。

上野動物園が美術学校と崖を隔てた隣にあったもので、ちょうど崖の下が七面鳥とホロホロ鳥の囲いだったのね。八郎が釣り竿で七面鳥を釣り上げて、仲間と焼いて食べちゃった。

徐々に鳥が減っていくので動物園長が校長に手紙を出したの。「貴校の猿どもがわが園の鳥を獲って困っている。取り締まってくれ」と。そうしたら校長は「わが校の猿は野放しだから、取り締まるわけにはいきません」って。（笑）

センチメンタルですぐに泣く

――八郎さんは中学生の頃から詩人の福士幸次郎《ふくしこうじろう》に詩を学び、西条八十《さいじょうやそ》に師事。二十三歳で第一詩集『爪色の雨』を上梓《じょうし》しました。

お父様の反応は？

「何が爪色の雨だ。爪なんてちっぽけなものを材料にするなんて。天下国家とか壮大なものに目を向けろ」と怒ってました。でもそれも八郎に聞いた話でね、ホントかどうかわからないですよ。ほらふきですから。

私は八郎の詩のなかでひとつ挙げるとしたら「象のシワ」というのが好きでしたね。

八郎が晩年、入院していた時に私、見舞いに行ってね。「兄さんの作った詩のなかじゃ私、ゾウの詩が、最高に好きなんだわ」って言ったんです。そしたらなんにも返事しないで、大きなほっぺたに涙が伝って流れました。亡くなる少し前の話です。

八郎はすぐに泣くの。センチメンタルなんですね。

――涙し、感傷的な詩を書く八郎さんと、十代後半にはケンカでたびたび警察の世話になるなど破天荒なことで有名だった八郎さん。その間に落差を感じますが……。

八郎にはある種の鋭敏な感受性があるんです。だからすぐに激怒してケンカしたり、感極まって泣いたり、女に惚れたり、わがまま

長男・忠を抱く八郎と椅子に座る父・紅緑

勝手に振る舞ったりする。それぞれの感情が八郎のなかにはあるわけです。

人間は、いろんな要素を併せ持っています。ひと色じゃないんです。矛盾だらけですよ。

世間の人は、あの作家はこんな人間だと決めてかかるのが好きですね。それがわかりやすいからなんでしょう。でも、わかる必要はなくて、そのまま受け取ればいい。八郎はそういう人だった。それしかないの。

母の姿をうたい続けた

――昭和三十三年（一九五八）に始まったドラマ『おかあさん』のために書いた詩は三冊の詩集になりベストセラーに。母についての詩は五百篇に及ぶそうです。

世間には受けていたようですけれど、あれはどれだけ八郎が自分の体験や心の底からの想いで作ったものか。想像力を使って創作したものが多かったんじゃないかと私は思います。作家なんだから、それくらいのことはできますよ。

八郎は実母と離れて暮らす時間が長かった。十五歳で別れています。八郎の悪さにお母さんはそれはもう泣かされたそうですよ。八郎だけじゃなく、息子たちはみんな暴れたり落第したりして、母を苦しめました。

その頃の演劇や作家の世界の常で、父は女出入りの多い人でした。八郎の母親は父のわがままを好きにさせておいて、グチをこぼすばかりだったそうです。

「ちいさい母のうた」という八郎の詩があります。実際に体の小さい人だったそうですが、八郎には、その姿がある種の悲しみをともなって蘇るのでしょう。

哀れみや悔恨、そして理想の母の姿。そんなものを駆使して、たくさんの母の詩を書いた。そう思うと、私には「おかあさん」のブームは、ある種のイリュージョンのように思えます。

二番目の妻の窮地は荒療治で

――八郎さんは三度結婚。女優だった二番目の妻と暮らす本宅に踊り子の恋人を出入りさせ、仕事を手伝わせたとの逸話も。

本宅というのがどこなのかもわからない（笑）。その時その時の気分なのね。まぁ、あの時代だって、世間はあきれてたことでしょう。

とにかく八郎がそうするって決めたら、そうなるんですよ。女たちが受け入れて平気でいるから、周りも認めてしまう。当時の芸能の世界の人たちには、世間の規範にとらわれず思うままに行動するところもあったのでしょう。たいていの女なら「私はこんな立場イヤだわ」ってことになるんだけど、そうならない。彼女たちは素直

家では裸でいることを好んだ八郎。主宰する詩の勉強会「木曜会」の会報『木曜手帖』の編集作業にて

に、穏やかに、八郎の想いに応えていたようですね。

二番目の妻のるり子さんは麻薬中毒でした。麻薬中毒っていうのは治らないんですよね。でも中毒になったからといって、別れるようなことはありませんでした。

普通だったらお医者さんに委ねるところだけど、八郎はるりさんが麻薬をやった兆候に気づくと、横っ面《つら》を張ったり、蹴り倒したり、半死半生の目に遭わせるの。生きるか死ぬかの切実さに、るりさんも必死になります。その荒療治で中毒が治ったんです。うちの母も感心していましたね。「ハッチャンのおかげだよ。そうでないと廃人になってたよ」って。

――最晩年まで仕事をし、亡くなる当日もエッセイを書いて心臓発作で急逝した八郎さん。今は雑司ヶ谷霊園に眠っています。

八郎の生みの母も、同じお墓に眠っていますよ。もともと雑司ヶ谷には、父と八郎の母の間に生まれて幼いうちに亡くなった子たちが眠っていた。八郎の母が若くして亡くなったとき、八郎が生母をそのお墓に入れたのです。

父・紅緑が亡くなった時は、私の母が文京区・弥生町にあった八郎の住まいからほど近い本郷の喜福寺にお墓を建てました。母が私と暮らす世田谷の家からは遠かったんだけど、母が「いくらハッチャンでも目と鼻の先にお父さんのお墓があったらお参りしてくれるだろう」と願ってね。けれど八郎はただの一度も行かなかった。だからと言って、誰も驚いたりあきれたりしないのが佐藤家です。

近況短信

ただ生きている。それだけのこと

「私のことはもう、みなさんお忘れでしょう。すっかりボケてると思われてるんじゃないですか」。軽口を叩く声は明るく、目には光が満ちている。

昨秋（二〇二三年）、百歳の誕生日を迎えた。冬の間は体調がすぐれない日も多かったが、春先からこのかた、「ずっと調子がいいんです」。

本誌（『婦人公論』）連載エッセイをまとめた『思い出の屑籠』は、「私にとって、最後の本」と語る。「書きたいものは出し尽くしちゃって、スッカラカン。原稿用紙は埃をかぶっています」。仕事は、再刊される書籍の校正がたまに入るくらい。「世間の人の乗る電車が目の前を通り過ぎていく。それを眺めているような心境です」。

読者から寄せられたハガキにはつぶさに目を通している。「私も百歳を目指して頑張ります」という文面に、「別に目指すってほどのことではないんですよ。ただ生きている。それだけのこと」とやわらかく微笑む。

七十人いた女学校の同級生は、「昨年、親しかった友だちが亡くなって。ついに最後の一人になりました」。お寂しいでしょう、と問えば、「いやぁ、寂しいなんてことも、もうなくなりました」。

長年通う整体治療に、週に一度は出かける。「一週間の疲れが消えて、楽になります」。お元気そうと伝えると、「それでも耳が聞こえにくくなりましてね。聞こえないと気が滅入るし、考えることも億劫になってくる」。聞こえの衰えは頭の衰えにつながると言う。

八十八歳で最後の長篇小説『晩鐘』を書き終え、作家生活に幕を下ろした佐藤さんが、九十歳でふたたび筆を執ったのが、このたび映画化された『九十歳。何がめでたい』だ。ミリオンセラーとなり取材が殺到、疲労困憊した佐藤さんはまたも引退を決意する。しかし、いつしか自然と書き始めていた。たびたび断筆宣言を覆してきた佐藤さん、また原稿用紙に向かう日も来ると期待したいが――。

「もう百歳ですからね。若い頃は別れた亭主の借金を返すために書いていたこともあるけれど、今はお金も要らないし。欲もいっさいなくなりました」。さっぱりした表情を見せた。

初出一覧

言葉と対峙する書斎拝見　ここに座ると、書かずにはいられないのです……「婦人公論」二〇一七年七月二十五日号

語る　人生の贈りもの……「朝日新聞」二〇一七年八月十四日〜九月一日（全十五回）

まっしぐらに生きて　気がつけば、人生の終わりに……「婦人公論」二〇一九年十二月二十四日、二〇二〇年一月四日合併号

新春問答　長生き時代の不安に答えます……「婦人公論」二〇二〇年一月二十八日号

片足は棺桶（前編）「威張りながら頼る」……「週刊朝日」二〇二一年二月二十六日号

片足は棺桶（後編）「パソコンは電話がかけられない？」……「週刊朝日」二〇二一年三月五日号

小室眞子さんは汚濁が渦巻く世界の扉を開けた……「婦人公論」二〇二一年十二

月十四日号
近況短信　九十八歳の新たな挑戦……「婦人公論」二〇二二年八月号
百歳。誕生日もヘチマもありませんよ……「婦人公論」二〇二三年十一月号
兄・サトウハチローは奇抜で繊細な詩人だった……「婦人公論」二〇二三年十二月号
近況短信　ただ生きている。それだけのこと……「婦人公論」二〇二四年七月号

装幀　中央公論新社デザイン室

佐藤愛子（さとう・あいこ）
一九二三年大阪生まれ。甲南高等女学校卒業。小説家・佐藤紅緑を父に、詩人・サトウハチローを兄に持つ。六九年『戦いすんで日が暮れて』で第六十一回直木賞、七九年『幸福の絵』で第十八回女流文学賞、二〇〇〇年『血脈』の完成により第四十八回菊池寛賞、一五年『晩鐘』で第二十五回紫式部文学賞を受賞。一七年旭日小綬章を受章。最近の著書に、大ベストセラーとなった『九十歳。何がめでたい』、『冥界からの電話』『人生は美しいことだけ憶えていればいい』『気がつけば、終着駅』『九十八歳。戦いやまず日は暮れず』『思い出の屑籠』などがある。

百一歳《ひゃくいっさい》。終着駅《しゅうちゃくえき》のその先《さき》へ

二〇二五年三月一〇日　初版発行
二〇二五年六月一五日　四版発行

著　者　佐《さ》藤《とう》愛《あい》子《こ》

発行者　安部順一
発行所　中央公論新社
〒一〇〇-八一五二
東京都千代田区大手町一-七-一
電話　販売　〇三-五二九九-一七三〇
　　　編集　〇三-五二九九-一七四〇
URL https://www.chuko.co.jp/

DTP　嵐下英治
印　刷　共同印刷
製　本　大口製本印刷

Published by CHUOKORON-SHINSHA, INC.
Printed in Japan　ISBN978-4-12-005889-9 C0095

佐藤愛子の本

《単行本・中公文庫・電子書籍》

気がつけば、終着駅

『婦人公論』への登場も半世紀あまり。初寄稿の「クサンチッペ党宣言」「再婚自由化時代」から、最新の対談まで、エッセイ、インタビューを織り交ぜて、この世の変化を総ざらい。

中央公論新社

佐藤愛子の本

愛子の格言　新装版

《単行本・電子書籍》

「ありのままに自分の息づかいでやっていくしかないわいな」。男と女、嫁と姑、親と子……。世の常識、風潮に斜め後ろから物申す。全盛期の愛子節が炸裂するユーモアエッセイ集。

中央公論新社